AF247194

L'IMITATION

DE

NOTRE-DAME LA LUNE

SELON

JULES LAFORGUE

L'IMITATION

DE

NOTRE-DAME LA LUNE

A GUSTAVE KAHN

ET AUSSI A LA MÉMOIRE

De la petite Salammbô, prêtresse de Tanit

L'IMITATION

DE

NOTRE-DAME LA LUNE

SELON

JULES LAFORGUE

Ah! quel juillet nous avons hiverné,
Per amica silentia lunæ!
ILE DE LA MAINAU
(Lac de Constance.)

PARIS

LÉON VANIER, ÉDITEUR DES MODERNES

19, QUAI SAINT-MICHEL, 19

—

1886

UN MOT AU SOLEIL

POUR COMMENCER

—

Soleil ! soudard plaqué d'ordres et de crachats,
Planteur mal élevé, sache que les Vestales
A qui la Lune, en son équivoque œil-de-chat,
Est la rosace de l'Unique Cathédrale,

Sache que les Pierrots, phalènes des dolmens
Et des nymphéas blancs des lacs où dort Gomorrhe,
Et tous les bienheureux qui pâturent l'Eden
Toujours printanier des renoncements, — t'abhorrent.

Et qu'ils gardent pour toi des mépris spéciaux,
Bellâtre, Maquignon, Ruffian, Rastaquouère
A breloques d'œufs d'or, qui le prends de si haut
Avec la terre et son Orpheline lunaire.

Continue à fournir de couchants avinés
Les lendemains vomis des fêtes nationales,
A styler tes saisons, à nous bien déchaîner
Les drames de l'Apothéose Ombilicale !

Va Phœbus ! mais, Dèva, dieu des Réveils cabrés,
Regarde un peu parfois ce Port-Royal d'esthètes
Qui, dans leurs décamérons lunaires au frais,
Ne parlent de rien moins que mettre à prix ta tête.

Certes, tu as encor devant tôi de beaux jours ;
Mais la tribu s'accroît, de ces vieilles pratiques
De l'A QUOI BON ? qui vont rêvant l'art et l'amour
Au seuil lointain de l'Agrégat inorganique.

Pour aujourd'hui, vieux beau, nous nous contenterons
De mettre sous le nez de Ta Badauderie
Le mot dont l'Homme t'a déjà marqué au front ;
Tu ne t'en étais jamais douté, je parie ?

— Sache qu'on va disant d'une belle phrase, os
Sonore mais très-nul comme suc médullaire,

De tout boniment creux enfin : c'est du pathos,
C'est du PHŒBUS!—Ah! pas besoin de commentaires...

O vision du temps où l'être trop puni,
D'un : « Eh! va donc, Phœbus ! » te rentrera ton prêche
De vieux *Crescite et multiplicamini,*
Pour s'inoculer à jamais la Lune fraîche !

LITANIES

DES PREMIERS QUARTIERS DE LA LUNE

—

Lune bénie
Des insomnies,

Blanc médaillon
Des Endymions,

Astre fossile
Que tout exile,

Jaloux tombeau
De Salammbô,

Embarcadère
Des grands Mystères,

Madone et miss
Diane-Artémis,

Sainte Vigie
De nos orgies

Jettatura
Des baccarats,

Dame très-lasse
De nos terrasses,

Philtre attisant
Les vers-luisants,

Rosace et dôme
Des derniers psaumes,

Bel œil-de-chat
De nos rachats,

Sois l'Ambulance
De nos croyances!

Sois l'édredon
Du Grand-Pardon!

AU LARGE

—

Comme la nuit est lointainement pleine
De silencieuse infinité claire !
Pas le moindre écho des gens de la terre,
Sous la Lune méditerranéenne !

Voilà le Néant dans sa pâle gangue,
Voilà notre Hostie et sa Sainte-Table,
Le seul bras d'ami par l'Inconnaissable,
Le seul mot solvable en nos folles langues !

Au-delà des cris choisis des époques,
Au-delà des sens, des larmes, des vierges,
Voilà quel astre indiscutable émerge,
Voilà l'immortel et seul soliloque !

Et toi, là-bas, pot-au-feu, pauvre Terre !
Avec tes essais de mettre en rubriques
Tes reffets perdus du Grand Dynamique,
Tu fais un métier ah ! bien sédentaire !

CLAIR DE LUNE

Penser qu'on vivra jamais dans cet astre,
Parfois me flanque un coup dans l'épigastre.

Ah! tout pour toi, Lune, quand tu t'avances
Aux soirs d'août par les féeries du silence !

Et quand tu roules, démâtée, au large
A travers les brisants noirs des nuages !

Oh! monter, perdu, m'étancher à même
Ta vasque de béatifiants baptêmes !

Astre atteint de cécité, fatal phare
Des vols migrateurs des plaintifs Icares !

Œil stérile comme le suicide,
Nous sommes le congrès des las, préside ;

Crâne glacé, raille les calvities
De nos incurables bureaucraties ;

O pillule des léthargies finales,
Infuse-toi dans nos durs encéphales !

O Diane à la chlamyde très-dorique,
L'Amour cuve, prend ton carquois et pique

Ah ! d'un trait inoculant l'être aptère,
Les cœurs de bonne volonté sur terre !

Astre lavé par d'inouïs déluges,
Qu'un de tes chastes rayons fébrifuges,

Ce soir, pour inonder mes draps, dévie,
Que je m'y lave les mains de la vie !

CLIMAT, FAUNE ET FLORE

DE LA LUNE

—

Des nuits, ô Lune d'Immaculée-Conception,
Moi, vermine des nébuleuses d'occasion,
J'aime, du frais des toits de notre Babylone,
Concevoir ton climat et ta flore et ta faune.

Ne sachant qu'inventer pour t'offrir mes ennuis,
O Radeau du Nihil aux quais seuls de nos nuits !

Ton atmosphère est fixe, et tu rêves, figée
En climats de silence, écho de l'hypogée
D'un ciel atone où nul nuage ne s'endort
Par des vents chuchotant tout au plus qu'on est mort ?

Des montagnes de nacre et des golfes d'ivoire
Se renvoient leurs parois de mystiques ciboires,
En anses où, sur maint pilotis, d'un air lent,
Des Sirènes font leurs nattes, lèchent leurs flancs,
Blêmes d'avoir gorgé de lunaires luxures
Là-bas, ces gais dauphins aux geysers de mercure.

Oui, c'est l'automne incantatoire et permanent
Sans thermomètre, embaumant mers et continents,
Étangs aveugles, lacs ophtalmiques, fontaines
De Léthé, cendres d'air, déserts de porcelaine,
Oasis, solfatares, cratères éteints,
Arctiques sierras, cataractes l'air en zinc,
Hauts-plateaux crayeux, carrières abandonnées,
Nécropoles moins vieilles que leurs graminées,
Et des dolmens par caravanes, — et tout très
Ravi d'avoir fait son temps, de rêver au frais.

Salut, lointains crapauds ridés, en sentinelles
Sur les pics, claquant des dents à ces tourterelles
Jeunes qu'intriguent vos airs ! Salut, cétacés
Lumineux ! et vous, beaux comme des cuirassés,
Cygnes d'antan, nobles témoins des cataclysmes ;
Et vous, paons blancs cabrés en aurores de prismes ;
Et vous, Fœtus voûtés, glabres contemporains
Des Sphinx brouteurs d'ennuis aux moustaches d'airain,

Qui, dans le clapotis des grottes basaltiques,
Ruminez l'Enfin! comme une immortelle chique!

Oui, rennes aux andouillers de cristal; ours blancs
Graves comme des Mages, vous déambulant,
Les bras en croix vers les miels du divin silence!
Porcs-épics fourbissant sans but vos blêmes lances;
Oui, papillons aux reins pavoisés de joyaux
Ouvrant vos ailes à deux battants d'in-folios;
Oui, gélatines d'hippopotames en pâles
Flottaisons de troupeaux éclaireurs d'encéphales;
Pythons en intestins de cerveaux morts d'abstrait,
Bancs d'éléphas moisis qu'un souffle effriterait!

Et vous, fleurs fixes! mandragores à visages,
Cactus obéliscals aux fruits en sarcophages,
Forêts de cierges massifs, parcs de polypiers,
Palmiers de corail blanc aux résines d'acier!
Lys marmoréens à sourires hystériques,
Qui vous mettez à débiter d'albes musiques
Tous les cent ans, quand vous allez avoir du lait!
Champignons aménagés comme des palais!

O Fixe! on ne sait plus à qui donner la palme
Du lunaire; et surtout, quelle leçon de calme!
Tout a l'air émané d'un même acte de foi
Au Néant Quotidien sans comment ni pourquoi!

Et rien ne fait de l'ombre, et ne se désagrège ;
Ne naît, ni ne mûrit ; tout vit d'un Sortilège
Sans foyer qui n'induit guère à se mettre en frais
Que pour des amours blancs, lunaires et distraits.....

Non, l'on finirait par en avoir mal de tête,
Avec le rire idiot des marbres Egynètes
Pour jamais tant tout ça stagne en un miroir mort !
Et l'on oublierait vite comment on en sort.

Et pourtant, ah ! c'est là qu'on en revient encore
Et toujours, quand on a compris le Madrépore.

GUITARE

—

Astre sans cœur et sans reproche,
O Maintenon de vieille roche !

Très-Révérende Supérieure
Du cloître où l'on ne sait plus l'heure,

D'un Port-Royal port de Circée
Où Pascal n'a d'autres *Pensées*

Que celles du roseau qui jase
Ne sait plus quoi, ivre de vase.....

Oh ! qu'un Philippe de Champaigne,
Mais né pierrot, vienne et te peigne !

Un rien, une miniature
De la largeur d'une tonsure ;

Ça nous ferait un scapulaire
Dont le contact anti-solaire,

Par exemple aux pieds de la femme,
Ah ! nous serait tout un programme !

PIERROTS

C'est, sur un cou qui, raide, émerge
D'une fraise empesée *idem*,
Une face imberbe au cold-cream,
Un air d'hydrocéphale asperge.

Les yeux sont noyés de l'opium
De l'indulgence universelle,
La bouche clownesque ensorcèle
Comme un singulier géranium.

Bouche qui va du trou sans bonde
Glacialement désopilé,
Au transcendental en-allé
Du souris vain de la Joconde.

Campant leur cône enfariné
Sur le noir serre-tête en soie,
Ils font rire leur patte d'oie
Et froncent en trèfle leur nez.

Ils ont comme chaton de bague
Le scarabée égyptien,
A leur boutonnière fait bien
Le pissenlit des terrains vagues.

Ils vont, se sustentant d'azur !
Et parfois aussi de légumes,
De riz plus blanc que leur costume,
De mandarines et d'œufs durs.

Ils sont de la secte du Blême,
Ils n'ont rien à voir avec Dieu,
Et sifflent : « Tout est pour le mieux,
« Dans la meilleur, des mi-carême ! »

II

Le cœur blanc tatoué
De sentences lunaires,
Ils ont : « Faut mourir, frères ! »
Pour mot-d'ordre-Evohé.

Quand trépasse une vierge,
Ils suivent son convoi,
Tenant leur cou tout droit
Comme on porte un beau cierge.

Rôle très-fatigant,
D'autant qu'ils n'ont personne
Chez eux, qui les frictionne
D'un conjugal onguent.

Ces dandys de la Lune
S'imposent, en effet,
De chanter « s'il vous plaît ?-»
De la blonde à la brune.

Car c'est des gens blasés ;
Et s'ils vous semblent dupes,
Ça et là, de la Jupe
Lange à cicatriser,

Croyez qu'ils font la bête
Afin d'avoir des seins,
Pis-aller de coussins
A leurs savantes têtes.

Ecarquillant le cou
Et feignant de comprendre

De travers, la voix tendre,
Mais les yeux si filous !

— D'ailleurs, de mœurs très-fines,
Et toujours fort corrects,
(Ecole des cromlechs)
Et des tuyaux d'usines).

III

Comme ils vont molester, la nuit,
Au profond des parcs, les statues,
Mais n'offrant qu'aux moins dévêtues
Leur bras et tout ce qui s'ensuit,

En tête-à-tête avec la femme.
Ils ont toujours l'air d'être un tiers,
Confondent demain avec hier,
Et demandent *Rien* avec âme !

Jurent « je t'aime ! » l'air là-bas,
D'une voix sans timbre, en extase,
Et concluent aux plus folles phrases
Par des : « Mon Dieu, n'insistons pas ? »

Jusqu'à ce qu'ivre, Elle s'oublie,
Prise d'on ne sait quel besoin
De lune ! dans leurs bras, fort loin
Des convenances établies.

IV

Maquillés d'abandon, les manches
En saule, ils leur font des serments,
Pour être vrais trop véhéments !
Puis, tumultuent en gigues blanches,

Beuglant : Ange ! tu m'as compris,
A la vie, à la mort ! — et songent :
Ah ! passer là-dessus l'éponge !...
Et c'est pas chez eux parti-pris,

Hëlas ! mais l'idée de la femme
Se prenant au sérieux encor
Dans ce siècle, voilà, les tord
D'un rire aux déchirantes gammes !

Ne leur jettez pas la pierre, ô
Vous qu'affecte une jarretière !
Allez, ne jettez pas la pierre
Aux blancs parias, aux purs pierrots !

V

Blancs enfants de chœur de la Lune,
Et lunologues éminents,
Leur Eglise ouvre à tout venant,
Claire d'ailleurs comme pas une.

Ils disent, d'un œil faisandé,
Les manches très-sacerdotales,
Que ce bas-monde de scandale
N'est qu'un des mille coups de dé

Du jeu que l'Idée et l'Amour,
Afin sans doute de connaître
Aussi leur propre raison d'être,
Ont jugé bon de mettre au jour.

Que nul d'ailleurs ne vaut le nôtre,
Qu'il faut pas le traiter d'hôtel
Garni vers un plus immortel,
Car nous sommes faits l'un pour l'autre ;

Qu'enfin, et rien du moins subtil,
Ces gratuites antinomies
Au fond ne nous regardant mie,
L'art de tout est *l'Ainsi soit il ;*

Et que, chers frères, le beau rôle
Est de vivre de but en blanc
Et, dût-on se battre les flancs,
De hausser à tout les épaules.

PIERROTS

—

(On a des principes)

Elle disait, de son air vain fondamental :
« Je t'aime pour toi seul ! »—Oh ! là, là, grêle histoire ;
Oui, comme l'art ! Du calme, ô salaire illusoire
    Du capitaliste l'Idéal !

Elle faisait : « J'attends, me voici, je sais pas »....
Le regard pris de ces larges candeurs des lunes ;
— Oh ! là, là, ce n'est pas peut-être pour des prunes,
    Qu'on a fait ses classes ici-bas ?

Mais voici qu'un beau soir, infortunée à point,
Elle meurt ! —Oh ! là, là ; bon, changement de thème !
On sait que tu dois ressusciter le troisième
    Jour, sinon en personne, du moins

Dans l'odeur, les verdures, les eaux des beaux mois !
Et tu iras, levant encor bien plus de dupes
Vers le Zaïmph de la Joconde, vers la Jupe !
    Il se pourra même que j'en sois.

PIERROTS

—

(Scêne courte mais typique)

Il me faut vos yeux ! Dès que je perds leur étoile,
Le mal des calmes plats s'engouffre dans ma voile,
Le frisson du *Væ soli !* gargouille en mes moelles...

Vous auriez dû me voir après cette querelle !
J'errais dans l'agitation la plus cruelle,
Criant aux murs : Mon Dieu! mon Dieu! Que dira-t-elle?

Mais aussi, vrai, vous me blessâtes aux autennes
De l'âme, avec les mensonges de votre traîne,
Et votre tas de complications mondaines.

Je voyais que vos yeux me lançaient sur des pistes,
Je songeais : oui, divins, ces yeux ! mais rien n'existe
Derrière ! Son âme est affaire d'oculiste.

Moi, je suis laminé d'esthétiques loyales !
Je hais les trémolos, les phrases nationales ;
Bref, le violet gros deuil est ma couleur locale.

Je ne sais point « ce gaillard-là ! » ni Le Superbe !
Mais mon âme, qu'un cri un peu cru exacerbe,
Est au fond distinguée et franche comme une herbe.

J'ai des nerfs encor sensibles au son des cloches,
Et je vais en plein air sans peur et sans reproche,
Sans jamais me sourire en un miroir de poche.

C'est vrai, j'ai bien roulé ! j'ai râlé dans des gîtes
Peu vous ; mais, n'en ai-je pas plus de mérite
A en avoir sauvé la foi en vos yeux ? dites.....

— Allons, faisons la paix. Venez, que je vous berce,
Enfant. Eh bien ?
     — C'est que, votre pardon me verse
Un mélange (confus) d'impressions... diverses...

(Exit.)

LOCUTIONS DES PIERROTS

—

I

Les mares de vos yeux aux joncs de cils,
      O vaillante oisive femme,
      Quand donc me renverront-ils
La Lune-levante de ma belle âme ?

Voilà tantôt une heure qu'en langueur
      Mon cœur si simple s'abreuve
      De vos vilaines rigueurs,
Avec le regard bon d'un terre-neuve.

Ah ! madame, ce n'est vraiment pas bien,
      Quand on n'est pas la Joconde,
      D'en adopter le maintien
Pour induire en spleens tout bleus le pauv' monde !

II

Ah ! le divin attachement
Que je nourris pour Cydalise,
Maintenant quelle échappe aux prises
De mon lunaire entendement !

Vrai, je me ronge en des détresses,
Parmi les fleurs de son terroir
A seule fin de bien savoir
Quelle est sa faculté-maîtresse !

— C'est d'être la mienne, dis-tu ?
Hélas ! tu sais bien que j'oppose
Un démenti formel aux poses
Qui sentent par trop l'impromptu.

III

Ah ! sans Lune, quelles nuits blanches,
Quels cauchemars pleins de talent !
Vois-je pas là nos cygnes blancs ?
Vient-on pas de tourner la clanche ?

Et c'est vers toi que j'en suis là,
Que ma conscience voit double,
Et que mon cœur pêche en eau trouble,
Eve, Joconde et Dalila !

Ah ! par l'infini circonflexe
De l'ogive où j'ahanne en croix,
Vends-moi donc une bonne fois
La raison d'être de Ton Sexe !

IV

Tu dis que mon cœur est à jeun
De quoi jouer tout seul son rôle,
Et que mon regard ne t'enjôle
Qu'avec des infinis d'emprunt !

Et tu rêvais avoir affaire
A quelque pauvre in-octavo...
Hélas ! c'est vrai que mon cerveau
S'est vu, des soirs, trois hémisphères.

Mais va, l'œillet de tes vingt ans,
Je l'arrose aux plus belles âmes
Qui soient ! — Surtout, je n'en réclame
Pas, sais-tu, de ta part autant !

V

T'occupe pas, sois Ton Regard,
Et sois l'âme qui s'exécute ;
Tu fournis la matière brute,
Je me charge de l'œuvre d'art.

Chef-d'œuvre d'art sans idée-mère
Par exemple ! Oh ! dis, n'est-ce pas,
Faut pas nous mettre sur les bras
Un cri des Limbes prolifères ?

Allons, je sais que vous avez
L'égoïsme solide au poste,
Et même prêt aux holocaustes
De l'ordre le plus élevé.

VI

Je te vas dire : moi, quand j'aime,
C'est d'un cœur, au fond sans apprêts,
Mais dignement élaboré
Dans nos plus singuliers problèmes.

Ainsi, pour mes mœurs et mon art,
C'est la période védique
Qui seule a bon droit revendique
Ce que j'en « attelle à ton char. »

Comme c'est notre Bible hindoue
Qui, tiens, m'amène à caresser,
Avec ces yeux de cétacé,
Ainsi, bien sans but, ta joue.

VII

Cœur de profil, petite âme douillette,
Tu veux te tremper un matin en moi,
Comme on trempe, en levant le petit doigt,
Dans son café au lait une mouillette!

Et mon amour, si blanc, si vert, si grand,
Si tournoyant! ainsi ne te suggère
Que pas-de-deux, silhouettes légères
A enlever sur ce solide écran!

Adieu. — Qu'est-ce encor? Allons bon, tu pleures!
Aussi pourquoi ces grands airs de vouloir,
Quand mon Étoile t'ouvre son peignoir,
D'Hélas, chercher midi flambant à d'autres heures!

VIII

Ah ! tout le long du cœur
Un vieil ennui m'effleure...
M'est avis qu'il est l'heure
De renaître moqueur.

Eh bien ? je t'ai blessée ?
Ai-je eu le sanglot faux,
Que tu prends cet air sot
De *La Cruche cassée* ?

Tout divague d'amour ;
Tout, du cèdre à l'hysope,
Sirote sa syncope ;
J'ai fait un joli four.

IX

Ton geste,
Houri,
M'a l'air d'un *memento mori*
Qui signifie au fond : va, reste...

Mais, je te dirai ce que c'est,
Et pourquoi je pars, foi d'honnête
Poète
Français.

Ton cœur a la conscience nette,
Le mien n'est qu'un individu
Perdu
De dettes.

X

Que loin l'âme type
Qui m'a dit adieu
Parce que mes yeux
Manquaient de principes !

Elle, en ce moment,
Elle, si pain tendre,
Oh ! peut-être engendre
Quelque garnement.

Car on l'a unie
Avec un monsieur,
Ce qu'il y a de mieux,
Mais pauvre en génie.

XI

Et je me console avec la
Bonne fortune
De l'alme Lune.
O Lune, *Ave Paris stella!*

Tu sais si la femme est cramponne ;
Eh bien, déteins,
Glace sans tain,
Sur mon œil ! qu'il soit tout atone,

Qu'il déclare : ô folles d'essais,
Je vous invite
A prendre vite,
Car c'est à prendre et à laisser.

XII

Encore un livre; ô nostalgies
Loin de ces très-goujates gens,
Loin des saluts et des argents,
Loin de nos phraséologies !

Encore un de mes pierrots mort;
Mort d'un chronique orphelinisme;
C'était un cœur plein de dandysme
Lunaire, en un drôle de corps.

Les dieux s'en vont; plus que des hures;
Ah! ça devient tous les jours pis;
J'ai fait mon temps, je déguerpis
Versl'Inclusive Sinécure !

XIII

Eh bien oui, je l'ai chagrinée,
Tout le long, le long de l'année ;
Mais quoi ! s'en est-elle étonnée ?

Absolus, drapés de layettes,
Aux lunes de miel de l'Hymette,
Nous avions par trop l'air vignette !

Ma vitre pleure, adieu ! l'on bâille
Vers les ciels couleur de limaille
Où la Lune a ses funérailles.

Je ne veux accuser nul être,
Bien qu'au fond tout m'ait pris en traître.
Ah ! paître, sans but là-bas ! paître...

XIV

Les mains dans les poches,
Le long de la route,
J'écoute
Mille cloches
Chantant : « les temps sont proches,
« Sans que tu t'en doutes ! »

Ah ! Dieu m'est égal !
Et je suis chez moi !
Mon toit
Très-natal
C'est Tout. Je marche droit,
Je fais pas de mal.

Je connais l'Histoire,
Et puis la Nature,
Ces foires
Aux ratures ;
Aussi je vous assure
Que l'on peut me croire !

XV

J'entends battre mon Sacré-Cœur
Dans le crépuscule de l'heure,
Comme il est méconnu, sans sœur,
Et sans destin, et sans demeure!

J'entends battre ma jeune chair
Equivoquant par mes artères,
Entre les Edens de mes vers
Et la province de mes pères.

Et j'entends la flûte de Pan
Qui chante : « bats, bats la campagne!
« Meurs, quand tout vit à tes dépens ;
« Mais entre nous, va, qui perd gagne! »

XVI

Je ne suis qu'un viveur lunaire
Qui fait des ronds dans les bassins,
Et cela, sans autre dessein
Que devenir un légendaire.

Retroussant d'un air de défi
Mes manches de mandarin pâle,
J'arrondis ma bouche et — j'exhale
Des conseils doux de Crucifix.

Ah ! oui, devenir légendaire,
Au seuil des siècles charlatans !
Mais où sont les Lunes d'antan ?
Et que Dieu n'est-il à refaire ?

DIALOGUE

AVANT LE LEVER DE LA LUNE

—

— Je veux bien vivre ; mais vraiment,
L'Idéal est trop élastique !

— C'est l'Idéal, son nom l'implique,
Hors son non-sens, le verbe ment.

— Mais, tout est conteste ; les livres
S'accouchent, s'entretuent sans lois !

— Certes ! l'Absolu perd ses droits,
Là où le Vrai consiste à vivre.

— Et, si j'amène pavillon
Et repasse au Néant ma charge ?

— L'Infini, qui souffle du large,
Dit : « pas de bêtises, voyons ! »

— Ces chantiers du Possible ululent
A l'Inconcevable, pourtant !

— Un degré, comme il en est tant
Entre l'aube et le crépuscule.

— Etre actuel, est-ce, du moins,
Etre adéquat à Quelque Chose ?

— Conséquemment, comme la rose
Est nécessaire à ses besoins.

— Façon de dire peu commune
Que Tout est cercles vicieux ?

— Vicieux, mais Tout !
                        — J'aime mieux
Donc m'en aller selon la Lune.

LUNES EN DÉTRESSE

—

Vous voyez, la Lune chevauche
Les nuages noirs à tous crins,
Cependaut que le vent embouche
Ses trente-six mille buccins !

Adieu, petits cœurs benjamins
Choyés comme Jésus en crèche,
Qui vous vantiez d'être orphelins
Pour avoir toute la brioche !

Partez dans le vent qui se fâche,
Sous la Lune sans lendemains,
Cherchez la pâtée et la niche
Et les douceurs d'un traversin.

Et vous, nuages à tous crins,
Rentrez ces profils de reproche,
C'est les trente-six-mille buccins
Du vent qui m'ont rendu tout lâche.

D'autant que je ne suis pas riche,
Et que Ses yeux dans leurs écrins
Ont déjà fait de fortes brèches
Dans mon patrimoine enfantin.

Partez, partez, jusqu'au matin !
Ou, si ma misère vous touche,
Eh bien, cachez aux traversins
Vos têtes, naïves autruches,

Eternelles, chères embûches
Où la Chimère encor trébuche !

PETITS MYSTÈRES

—

Chut ! Oh ! ce soir, comme elle est près !
Vrai, je ne sais ce qu'elle pense,
Me ferait-elle des avances ?
Est-ce là le rayon qui fiance
Nos cœurs humains à son cœur frais ?

Par quels ennuis kilométriques
Mener ma silhouette encor,
Avant de prendre mon essor
Pour arrimer, veuf de tout corps,
A ses dortoirs madréporiques.

Mets de la Lune dans ton vin,
M'a dit sa moue cadenassée ;

Je ne bois que de l'eau glacée,
Et de sa seule panacée
Mes tissus qui stagnent ont faim.

Lune, consomme mon baptême,
Lave mes yeux de ton linceul ;
Qu'aux hommes, je sois ton filleul ;
Et pour nos compagnes, le seul
Qui les délivre d'elles-mêmes.

Lune, mise au ban du Progrès
Des populaces des Etoiles,
Volatilise-moi les moelles,
Que je t'arrive à pleines voiles,
Dolmen, Cyprès, Amen, au frais !

NUITAMMENT

—

O Lune, coule dans mes veines
Et que je me soutienne à peine,

Et croie t'aplatir sur mon cœur !
Mais, elle est pâle à faire peur !

Et montre par son teint, sa mise,
Combien elle en a vu de grises !

Et ramène, se sentant mal,
Son cachemire sidéral,

Errante Delos, nécropole,
Je veux que tu fasses école ;

Je te promets en ex-voto
Les Putiphars de mes manteaux !

Et tiens, adieu ; je rentre en ville
Mettre en train deux ou trois idylles,

Eu m'annonçant par un Péan
D'épithalame à ton Néant.

ÉTATS

—

Ah ! ce soir, j'ai le cœur mal, le cœur à la Lune !
O Nappes du silence étalez vos lagunes ;
O toits, terrasses, bassins, colliers dénoués
De perles, tombes, lys, chats en peine, louez
La Lune, notre Maîtresse à tous, dans sa gloire :
Elle est l'Hostie ! et le silence est son ciboire !
Ah ! qu'il fait bon, oh ! bel et bon, dans le halo
De deuil de ce diamant de la plus belle eau !
O Lune, vous allez me trouver romanesque,
Mais voyons, oh ! seulement de temps en temps, est c'que
Ce serait fol à moi de me dire, entre nous,
Ton Christophe Colomb, ô Colombe, à genoux ?
Allons, n'en parlons plus ; et déroulons l'office
Des minuits, confits dans l'alcool de tes délices.

Ralentendo vers nous, ô dolente Cité,
Cellule en fibroïne aux organes ratés !
Rappelle-toi les centaures, les villes mortes,
Palmyre, et les sphinx camards des Thèbe aux cent portes ;
Et quelle Gomorrhe a sous ton lac de Lethé
Ses catacombes vers la stérile Astarté !
Et combien l'homme, avec ses relatifs « Je t'aime »,
Est trop anthropomorphe au-delà de lui-même,
Et ne sait que vivotter comm'ça des bonjours
Aux bonsoirs tout en s'arrangeant avec l'Amour.
— Ah ! Je vous disais donc, et cent fois plutôt qu'une,
Que j'avais le cœur mal, le cœur bien à la Lune.

LA LUNE EST STÉRILE

—

Lune, Pape abortif à l'amiable, Pape
Des Mormons pour l'art, dans la jalouse Paphos
Où l'État tient gratis les fils de la soupape
D'échappement des apoplectiques Cosmos !

C'est toi, léger manuel d'instincts, toi qui circules
Glaçant, après les grandes averses, les œufs
Obtus de ces myriades d'animalcules
Dont les simouns mettraient nos muqueuses en feu !

Tu ne sais que la fleur des sanglantes chimies ;
Et perces nos rideaux, nous offrant le lotus
Qui constipe les plus larges polygamies,
Tout net, de l'excrément logique des fœtus.

Carguez-lui vos rideaux, citoyens de mœurs lâches;
C'est l'Extase qui paie comptant, donne son Ut
Des deux sexes et veut pas même que l'on sache
S'il se peut qu'elle ait, hors de l'art pour l'art, un but.

On allèche de vie humaine, à pleines voiles,
Les Tantales virtuels, peu intéressants
D'ailleurs, sauf leurs cordiaux, qui rêvent dans nos mœlles;
Et c'est un produit net qu'encaissent nos bon sens.

Et puis, l'atteindrons-nous, l'Oasis aux citernes,
Où nos cœurs toucheraient les payes qu'On leur doit?
Non, c'est la rosse aveugle aux cercles sempiternes
Qui tourne pour autrui les bons chevaux de bois.

Ne vous distrayez pas, avec vos grosses douanes;
Clefs de fa, clefs de sol, huit stades de claviers,
Laissez faire, laissez passer la caravane
Qui porte à l'Idéal ses plus riches dossiers !

L'Art est tout, du droit divin de l'Inconscience;
Après lui, le déluge ! et son moindre regard
Est le cercle infini dont la circonférence
Est partout, et le centre immoral nulle part.

Pour moi, déboulonné du pôle de stylite
Qui me sied, dès qu'un corps a trop de son secret,
J'affiche : celles qui voient tout, je les invite
     venir, à mon bras, des soirs, prendre le frais.

Or voici : nos deux Cris, abaissant leurs visières,
Passent mutuellement, après quiproquos,
Aux chers peignes du cru leurs mœlles épinières
D'où lèvent débusqués tous les archets locaux.

Et les ciels familiers liserés de folie
Neigeant en charpie éblouissante, faut voir
Comme le moindre appel : c'est pour nous seuls ! rallie
Les louables efforts menés à l'abattoir !

Et la santé en deuil ronronne ses vertiges,
Et chante, pour la forme : « Hélas ! ce n'est pas bien,
« Par ces pays, pays si tournoyants, vous dis-je,
« Où la faim d'Infini justifie les moyens. »

Lors, qu'ils sont beaux les flancs tirant leurs révérence
Au sanglant capitaliste berné des nuits,
En s'affalant cuver ces jeux sans conséquence !
Oh ! n'avoir à songer qu'à ses propres ennuis !

—Bons aïeux qui geigniez semaine sur semaine,
Vers mon Cœur, baobab des védiques terroirs,
Je m'agite aussi ! mais l'Inconscient me mène ;
Or, il sait ce qu'il fait, je n'ai rien à y voir.

STÉRILITÉS

—

Cautérise et coagule
    En vigules
Ses lagunes des cerises
Des félines Ophélies
Orphelines en folie.

Tarentule de feintises
    La remise
Sans rancune des ovules
Aux félines Ophélies
Orphelines en folie.

Sourd aux brises des scrupules,
   Vers la bulle
De la Lune, adieu, nolise
Ces félines Ophélies
Orphelines en folie !...

LES LINGES, LE CYGNE

—

Ce sont les linges, les linges,
Hôpitaux consacrés aux cruors et aux fanges ;
Ce sont les langes, les langes,
Où l'on voudrait, ah ! redorloter ses méninges !

Vos linges pollués, Noëls de Bethléem !
De la léssive des linceuls des requiems
De nos touchantes personnalités, aux langes
Des berceaux, vite à bas, sans doubles de rechange,
Qui nous suivent, transfigurés (fatals vauriens
Que nous sommes) ainsi que des Langes gardiens.
C'est la guimpe qui dit, même aux trois quarts meurtrie :
« Ah ! pas de ces familiarités, je vous prie… »
C'est la peine avalée aux édredons d'eider ;

C'est le mouchoir laissé, parlant d'âme et de chair.
Et de scènes! (Je vous prie la main sous la table,
J'eus même des accents vraiment immitables,
Mais ces malentendus! l'adieu noir!—Je m'en vais!
—Il fait nuit!—Que m'importe! à moi, chemins mauvais!
Puis, comme Phèdre en ses illicites malaises :
« Ah! que ces draps d'un lit d'occasion me pèsent! »
Linges adolescents, nuptiaux, maternels;
Nappe qui drape la Sainte-Table ou l'autel;
Purificatoire au Calice, manuterges,
Refuges des baisers convolant vers les cierges.
O langes invalides, linges aveuglants!
Oreillers du bon cœur toujours convalescent
Qui dit, même à la sœur, dont le toucher l'écœure :
«Rien qu'une cuillerée, ah! toutes les deux heures.. »,
Voie Lactée à charpie en surplis; lourds jupons
A plis d'ordre dorique à lesquels nous rampons
Rien que pour y râler, doux comme la tortue
Qui grignotte au soleil une vieille laitue.
Linges des grandes maladies; champ-clos des draps
Fleurant : soulagez-vous, va, tant que ça ira!
Et les cols rabattus des jeunes filles fières,
Les bas blancs bien tirés, les chants des lavandières.
Le peignoir sur la chair de poule après le bain,
Les cornettes des sœurs, les voiles, les béguins,
La province et ses armoires, les lingeries
Du lycée et du cloître; et les bonnes prairies

Blanches des traversins rafraîchissant leurs creux
De parfums de famille aux tempes sans aveux.
Et la Mort! pavoisez les balcons de draps pâles,
Les cloches! car voici que des rideaux s'exhale
La procession du beau Cygne ambassadeur
Qui mène Lohengrin au pays des candeurs!

Ce sont les linges, les linges,
Hôpitaux consacrés aux cruors et aux fanges ;
Ce sont les langes, les langes,
Où l'on voudrait, ah! redorloter ses méninges.

NOBLES ET TOUCHANTES DIVAGATIONS

SOUS LA LUNE

—

Un chien perdu grelotte en abois à la Lune...
Oh! pourquoi ce sanglot quand nul ne l'a battu?
Et, nuits! que partout la même Ame! En est-il une
Qui n'aboie à l'Exil ainsi qu'un chien perdu?

Non, non; pas un caillou qui ne rêve un ménage,
Pas un soir qui ne pleure : encore un aujourd'hui!
Pas un Moi qui n'écume aux barreaux de sa cage
Et n'épluche ses jours en filaments d'ennui.

Et les bons végétaux! des fossiles qui gisent
En pliocènes tufs de squelettes parias,
Aux printemps aspergés par les steppes kirghyses,
Aux roses des contreforts de l'Hymalaya!

Et le vent qui beugle, apocalyptique Bête
S'abattant sur des toits aux habitants pourris,
Qui secoue en vain leurs huis-clos, et puis s'arrête,
Pleurant sur son cœur à Sept-Glaives d'incompris.

Tout vient d'un seul impératif catégorique,
Mais qu'il a le bras long, et la matrice loin !
L'Amour, l'amour qui rêve, ascétise et fornique ;
Que n'aimons-nous pour nous dans notre petit coin ?

Infini, d'où sors-tu ? Pourquoi nos sens superbes
Sont-ils fous d'au-delà les claviers octroyés,
Croient-ils à des miroirs plus heureux que le Verbe,
Et se tuent ? Infini, montre un peu tes papiers !

Motifs décoratifs, et non but de l'Histoire,
Non le bonheur pour tous, mais de coquets moyens
S'objectivant en nous substratums sans pourboires,
Trinité de Molochs, le Vrai, le Beau, le Bien.

Nuages à profils de kaïns ! vents d'automne
Qui, dans l'antiquité des Pans soi-disant gais,
Vous lamentiez aux toits des temples heptagones,
Voyez, nous rebrodons les mêmes Anankès.

Jadis les gants violets des Révérendissimes
De la Théologie en conciles cités,

Et l'évêque d'Hippone attelant ses victimes
Au char du Jaggernaut Œcuménicité ;

Aujourd'hui, microscope de télescope ! Encore,
Nous voilà relançant l'Ogive au toujours Lui,
Qu'il y tourne casaque, à neuf qu'il s'y redore
Pour venir nous bercer un printemps notre ennui.

Une place plus fraîche à l'oreiller des fièvres,
Un mirage inédit au détour du chemin,
Des rampements plus fous vers le bonheur des lèvres,
Et des opiums plus longs à rêver. Mais demain ?

Recommencer encore ? Ah ! lâchons les écluses,
A la fin ! Oublions tout ! nous faut convoyer
Vers ces ciels où, s'aimer et paître étant les Muses,
Cuver sera le dieu pénate des foyers !

Oh ! l'Eden immédiat des braves empirismes !
Peigner ses fiers cheveux avec l'arète des
Poissons qu'on lui offrit crus dans un paroxysme
De dévouement ! s'aimer sans serments, ni rabais.

Oui, vivre pur d'habitudes et de programmes,
Paccageant mes milieux, à travers et à tort,
Choyant comme un beau chat ma chère petite âme,
N'arriver qu'ivre-mort de Moi-même à la mort !

Oui, par delà nos arts, par delà nos époques
Et nos hérédités, tes îles de candeur,
Inconscience ! et elle, au seuil, là, qui se moque
Dè mes regards en arrière, et fait : n'aie pas peur.

Que non, je n'ai plus peur ; je rechois en enfance ;
Mon bateau de fleurs est prêt, j'y veux rêver â
L'ombre de tes maternelles protubérances,
En t'offrant le miroir de mes *et cœtera*....

JEUX

—

Ah! la Lune, la Lune m'obsède...
Croyez-vous qu'il y ait un remède?

Morte? Se peut-il pas qu'elle dorme
Grise de cosmiques chloroformes?

Rosace en tombale efflorescence
De la Basilique du Silence,

Tu persistes dans ton attitude,
Quand je suffoque de solitude!

Oui, oui, tu as la gorge bien faite;
Mais, si jamais je ne m'y allaite?...

Encore un soir, et mes berquinades
S'en iront rire à la débandade,

Traitant mon platonisme si digne
D'extase de pêcheur à la ligne !

Salve Régina des Lys ! reine,
Je te veux percer de mes phalènes !

Je veux baiser ta patène triste,
Plat veuf du chef de Saint Jean Baptisté !

Je veux trouver un *lied !* qui te touche
A te faire émigrer vers ma bouche !

— Mais, même plus de rimes à Lune…
Ah ! quelle regrettable lacune !

LITANIES

DES DERNIERS QUARTIERS DE LA LUNE

Eucharistie
De l'Arcadie,

Qui fais de l'œil
Aux cœurs en deuil,

Ciel des idylles
Qu'on veut stériles,

Fonts baptismaux
Des blancs pierrots,

Dernier ciboire
De notre Histoire,

Vortex-nombril
Du Tout-Nihil,

Miroir et Bible
Des Impassibles,

Hôtel garni
De l'infini,

Sphinx et Joconde
Des défunts mondes,

O Chanaan
Du bon Néant,

Néant, La Mecque
Des bibliothèques,

Léthé, Lotos,
Exaudi nos!

AVIS, JE VOUS PRIE

Hélas! des Lunes, des Lunes,
Sur un petit air en bonne fortune....
Hélas! de choses en choses
Sur la criarde corde des virtuoses!...

Hélas! agacer d'un lys
La voilette d'Isis!...
Hélas! m'esquinter, sans trève, encore,
Mon encéphale anomaliflore
En floraisons de chair par guirlandes d'ennuis!...
O Mort, et puis?

Mais! j'ai peur de la vie
Comme d'un mariage!
Oh! vrai, je n'ai pas l'âge
Pour ce beau mariage!...

 L'IMITATION

Oh ! j'ai été frappé de CETTE VIE A MOI,
L'autre dimanche, m'en allant par une plaine !
Oh ! laissez-moi seulement reprendre haleine,
Et vous aurez un livre enfin de bonne foi.

En attendant, ayez pitié de ma misère !
Que je vous sois à tous un être bienvenu !
Et que je sois absous pour mon âme sincère,
Comme le fut Phryné pour son sincère nu.

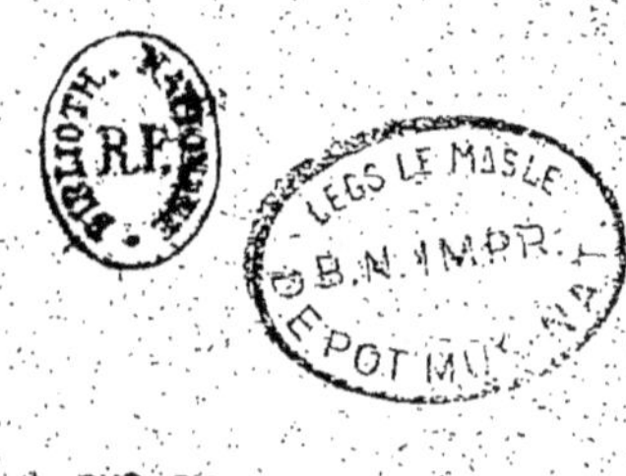

Paris — Imp. L. Epinette, 16, boulevard Saint-Germain.

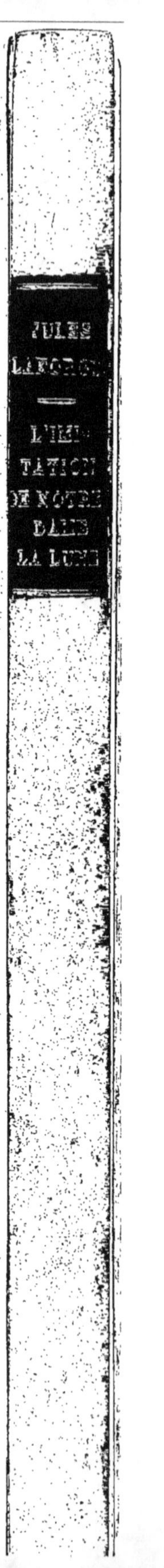
JULES
LAFORGUE

L'IMI
TATION
DE NOTRE
DAME
LA LUNE